CONFÉRENCES

DE

L'HOTEL DE VILLE DE VERSAILLES

1864-1865

LES FEMMES DANS LES COMÉDIES DE MOLIÈRE

DEUX CONFÉRENCES

PAR M. A. ADERER

Professeur de rhétorique au lycée impérial de Versailles.

SAINT-CLOUD

IMPRIMERIE DE MADAME VEUVE BELIN

—

1865

CONFÉRENCES

DE

L'HOTEL DE VILLE DE VERSAILLES

1864-1865

CONFÉRENCES

DE

L'HOTEL DE VILLE DE VERSAILLES

1864-1865

LES FEMMES DANS LES COMÉDIES DE MOLIÈRE

DEUX CONFÉRENCES

PAR M. A. ADERER

Professeur de rhétorique au lycée impérial de Versailles.

SAINT-CLOUD

IMPRIMERIE DE MADAME VEUVE BELIN

—

1865

PREMIÈRE CONFÉRENCE

LA FEMME NIAISE, LA FEMME SAVANTE, LA FEMME COQUETTE.

———

MESDAMES, MESSIEURS,

Malgré les limites étroites dans lesquelles l'heure me resserre, je ne saurais commencer cet entretien sans vous faire part de ma perplexité. L'objet et l'effet ordinaire de l'enseignement, c'est d'instruire l'ignorance; et je vois dans cette salle ce que l'une des villes les plus éclairées de l'empire renferme d'hommes distingués par la science et l'esprit. J'irais très-volontiers à leur école; je ne sais ce qu'ils espèrent apprendre à la mienne; du moins n'est-ce pas ma faute s'ils ne sont pas, au lieu de moi, à cette place qu'ils occuperaient beaucoup mieux. Mais, si j'essayais de les satisfaire en traitant quelque point moins connu de l'histoire des lettres, j'oublierais, Mesdames, que vous faites la meilleure partie de cet auditoire, et que vous ne venez pas chercher ici un travail, mais un noble divertissement.

Je n'espère pas me tirer de cet embarras que redouble encore la banalité de mon sujet. Tout est dit et il ne reste plus rien à dire sur Molière depuis si longtemps qu'on épuise à son propos la louange et le blâme. Son éloge a passé par l'Académie, et la rhétorique n'a plus de figures pour le célébrer; d'autre part, les eaux de la mince fontaine que la ville de Paris lui a consacrée ne suffiront jamais à laver toutes les injures qu'on a déposées au pied de sa statue. J'avoue toutefois que je suis moins touché de cet inconvénient; je professe cette doctrine, commode à mon insuffisance, que le neuf, dans la critique littéraire, c'est le faux. Enfin, m'étant donné la tâche de parler des femmes, il faut bien que je touche à leurs qualités comme à leurs défauts, et que je m'expose ainsi au reproche de fade galanterie ou de malignité; j'aimerais mieux encore encourir le premier. Surtout, je me garderai de contrister le cœur des mères par l'imprudence de mes paroles. Un ancien poëte a dit qu'une jeune fille est une fleur qui naît dans un jardin enclos (1); j'en saurai respecter la candeur et le parfum. Toutefois il est bon de faire ici nos conventions et de distinguer entre la véritable vertu et la pruderie. « La vertu d'une femme, dit Molière, ne consiste pas dans les grimaces.... L'affectation en cette matière est pire qu'en toute autre, et je ne vois rien de si ridicule que cette délicatesse d'honneur qui prend tout en mauvaise part, donne un sens criminel aux

(1) Ut flos in septis secretus nascitur hortis. (*Catulle.*)

plus innocentes paroles et s'offense de l'ombre des choses (1). » C'est dans cette mesure que je me tiendrai ; peut-être les prudes, s'il y en avait, ne seraient-elles pas toujours contentes ; mais les oreilles pudiques n'ont rien à craindre. Je prie donc les savants de me pardonner ce que mon discours aura de commun ou de frivole; tout ce qu'il aura d'ennuyeux, et de considérer, en cette tentative, moins l'effet que l'intention.

Quoi qu'en ait dit la célèbre inscription : « Connais-toi toi-même, » gravée au fronton du temple de Delphes, ce qu'il importe le plus à l'homme de connaître, ce n'est pas lui-même, c'est sa femme, s'il en a une; et, s'il n'en a pas, il ne lui sera pas inutile d'avoir quelques lumières sur celle d'autrui. Cette connaissance est particulièrement nécessaire aux jeunes gens; car, malgré tant de déclamations et les embarras réels occasionnés par les mœurs modernes, il est encore assez de mode de se marier; mais elle n'est pas aisée à acquérir. Les uns y renoncent et s'ensevelissent dans le célibat; c'est dommage; beaucoup auraient fait d'excellents maris. Vous les reconnaîtrez à leur embonpoint qui marque une vocation manquée; car, suivant un poëte célèbre (2) :

> La vertu seule est grasse, et les mauvais sujets
> Ont beau manger et boire, ils n'engraissent jamais;

(1) Critique de l'École des Femmes, sc. 3.
(2) Émile Augier.

Les autres courent le monde, cherchant ce qu'ils appellent de l'expérience, croient en amasser beaucoup, reviennent chez eux, se marient, et sont tout surpris de rencontrer dans leur femme une variété mauvaise ou bonne que rien ne leur avait fait prévoir. Les plus hardis se jettent, tête baissée, dans le mariage; grave imprudence qui livre au hasard l'acte le plus sérieux de la vie. Comment donc faire, si l'expérience nous vient trop tard pour que nous en puissions profiter? Les auteurs dramatiques, en général, et Molière en particulier, ont fait agir et parler un grand nombre de femmes douées de qualités et de défauts divers. Étudions ces caractères, et quand nous nous serons ainsi formé un idéal, nous chercherons par le monde la femme qui le réalise : nous la trouverons assurément. En tout cas, l'épreuve nous coûtera moins cher, dans tous les sens; nous en serons quittes pour un peu de temps perdu.

Peut-être serait-il à propos de nous enquérir d'abord d'une belle-mère, car souvent on épouse sa belle-mère en même temps que sa femme; or, il serait fâcheux de débuter en ménage par une brouille de famille, et c'est un malheur qui arrive quelquefois. Malheureusement, ce personnage est rare dans Molière. Nous accommoderons-nous de Mme Pernelle, esprit étroit, caractère acariâtre, qui ne peut rien souffrir de ce que fait sa bru? Elle lui reproche son ajustement, son amour du monde, l'éducation qu'elle donne à ses enfants, ses propos les plus innocents. Entêtée de Tartufe, elle trouve que son fils Orgon n'en est pas assez coiffé, et l'évidence même ne la tirera pas de son erreur. Voulez-vous Béline, la femme du *Malade imaginaire*, femme artificieuse et avide, qui caresse son mari pour le dépouiller, et ne serait pas fâchée de mettre Angélique au couvent pour assurer toute la fortune à sa propre fille? Préférez-vous Philaminte, la savante? vous apprendrez à la connaître plus loin; ou enfin Mᵐᵉ Jourdain, cette excellente Mᵐᵉ Jourdain, toujours à son poste et sous les armes, surveillant son ménage et son mari, assez spirituelle pour laver la tête au bourgeois qui veut se faire gentilhomme et au gentilhomme qui la persiffle. Toute son étude est de faire aller sa maison et de marier sa fille; et elle la mariera, car il s'est rencontré un homme assez sage pour distinguer les qualités de sens et de cœur que recouvre cette bourgeoise enveloppe. Mais peut-être un esprit délicat s'offenserait-il de son ignorance et de la vulgarité de ses manières. Comme ce sont à peu près les seules mères que Molière ait peintes, il faut renoncer à fixer notre choix et nous occuper de trouver notre fiancée.

La première idée qui se présente, c'est que nous la façonnions nous-même; elle sera plus selon nos souhaits. C'est l'idée d'Arnolphe, autrement dit M. de la Souche, car ce bourgeois vaniteux rougit de porter le nom de son père, et d'un tronc pourri de sa ferme s'est fait un nom de seigneurie, à l'exemple de ce paysan

. . . . . . Qu'on appelait Gros Pierre,
Qui n'ayant pour tout bien qu'un seul quartier de terre,
Y fit tout à l'entour faire un fossé bourbeux,
Et de Monsieur de l'Ile en prit le nom pompeux (1).

Il voudrait bien se marier; mais il craint les accidents qui peuvent suivre le mariage, et il a pris ses précautions pour les prévenir. Il a pris chez une paysanne, chargée de famille, une jeune fille qu'il a remarquée dès l'âge de quatre ans pour son air doux et posé. Il l'a fait élever dans un petit couvent, selon sa politique,

C'est-à-dire ordonnant quels soins on emploierait
Pour la rendre idiote autant qu'il se pourrait (2).

Il veut qu'elle soit d'une ignorance extrême :

Et c'est assez pour elle, à vous en bien parler,
De savoir prier Dieu, m'aimer, coudre et filer.

Enfin, après l'avoir mitonnée pendant treize ans, la jugeant à la fois assez grande et assez sotte, il l'a reprise chez lui pour la préparer directement à l'honneur qu'il lui destine. Il l'enferme dans une maison écartée, sous la garde de deux domestiques qui ne sont guère propres à lui donner de l'esprit. Là, il la sermonne, lui rappelle la bassesse de son origine, vante sa propre générosité, fait enfin tout ce qu'il faut pour

(1) MOLIÈRE, *École des Femmes*, I, 1.
(2) *Id.*, *Ibid.*

être détesté. Le moyen qu'une jeune fille épouse avec plaisir un homme qui lui fait du mariage la peinture suivante :

Le mariage, Agnès, n'est pas un badinage(1)
. . . .
Votre sexe n'est là que pour la dépendance,
Du côté de la barbe est la toute-puissance ;
Bien qu'on soit deux moitiés de la société,
Ces deux moitiés pourtant n'ont point d'égalité :
L'une est moitié suprême et l'autre subalterne.

Mais toutes ces précautions et toute cette morale n'ont pu empêcher Agnès d'être remarquée par le jeune Horace. Celui-ci est tout miel et tout sucre, et au rebours d'Arnolphe, il ne promet que bonheur dans le mariage :

Il jurait qu'il m'aimait d'une amour sans seconde (2) ;
Il me disait des mots, les plus gentils du monde,
Des choses que jamais rien ne peut égaler,
Et dont, toutes les fois que je l'entends parler,
La douceur me chatouille et là dedans remue
Certain je ne sais quoi dont je suis tout émue.

Agnès a bien plus de penchant à le croire ; elle le croit, et Arnolphe, malgré son expérience, est confondu par la jeune ingénue, qui n'y met pas même de méchanceté. C'est un trait du génie de Molière et la leçon même de la comédie. Qu'un jaloux soupçonneux soit trompé par sa femme,

(1) *École des Femmes*, iii, 2.
(2) *Ibid.*, ii, 6.

Ce n'est qu'une aventure ordinaire et commune (1) ;

c'est une lutte d'esprit et de ruse où l'homme doit être vaincu. Mais Agnès n'est ni rusée, ni perverse. Arnolphe s'est perdu lui-même ; ou plutôt c'est l'idée de tenir une femme dans l'ignorance pour l'avoir mieux dans la main, que le poëte a condamnée par ce dénoûment.

En effet, de quel droit prétendrions-nous mettre sous le boisseau une lumière si vive ? Quoi ? nous défendrions à une femme d'écrire même ses comptes de ménage ? C'est la pensée d'Arnolphe ; il ne la cache pas :

> Dans ses meubles, dût-elle en avoir de l'ennui (2),
> Il ne faut écritoire, encre, papier, ni plumes ;
> Le mari doit, dans les bonnes coutumes,
> Écrire tout ce qui s'écrit chez lui.

Et nous-mêmes, quel agrément trouverons-nous dans le commerce d'une femme, abêtie par une ignorance systématique ? De quoi s'entretiendront ces nouveaux époux, lorsqu'après le tumulte de la noce, ils se retrouveront dans la douceur du tête-à-tête ? Quelle sera leur conversation ? La voici, ouvrez Molière (3) :

> . . . . . . La promenade est belle.
> — Fort belle.
> — Le beau jour !
> — Fort beau.

(1) BOILEAU, *Art poétique*, III.
(2) *École des Femmes*, III, 2.
(3) *École des Femmes*, II, 6.

                                  — Quelle nouvelle ?
— Le petit chat est mort.
                    — C'est dommage, mais quoi!
Nous sommes tous mortels, et chacun est pour soi.

D'ailleurs, cette ignorance ne saurait durer toujours. Il n'est au pouvoir de personne d'empêcher un esprit de penser, de rêver, surtout l'esprit d'une femme. Or, à quoi rêvent les jeunes filles? Je n'en sais rien, et je suis obligé de m'en rapporter là-dessus à un poëte, peut-être mal renseigné, qui fait ainsi parler l'une d'entre elles, au moment de s'endormir :

  . . . . Ah! demain, quand j'y pense (1),
Ce jeune homme étranger qui va venir dîner!
C'est un mari, je crois, que l'on veut nous donner:
Quelle drôle de chose! ah! j'en ai peur d'avance!
Quelle robe mettrai-je ? une robe d'été?
Non, d'hiver, cela donne un air plus convenable;
Non, d'été, c'est plus jeune et c'est moins apprêté.
On le mettra sans doute entre nous deux à table;
Ma sœur lui plaira mieux. — Bah! nous verrons toujours!
Des éperons d'argent! un manteau de velours!
Ma tante était bien laide avec ses vieux panaches
Hier soir à souper. — Comme mon bras est blanc!
Tra deri da. — Mes yeux se ferment. — Des moustaches!...
Il la prend, il l'embrasse et se sauve en courant.

A défaut de ses rêves, le commerce de la société lui révélerait bientôt son ignorance; car on ne saurait, une fois mariée, la tenir sous les grilles et les verroux. Malheur au mari à qui sa femme aurait le droit de dire, comme Agnès :

(1) A. DE MUSSET, *A quoi rêvent les jeunes filles.*

Vous m'avez fait en tout instruire joliment (1
Croit-on que je me flatte, et qu'enfin dans ma tête
Je ne juge pas bien que je suis une bête?
Moi-même j'en ai honte, et, dans l'âge où je suis,
Je ne veux plus passer pour sotte, si je puis.

Quand une femme s'aperçoit qu'elle est sotte, il est à présumer qu'elle ne le sera pas longtemps. Qu'opposerez-vous à cette démangeaison de curiosité qui la tourmente? la peur de l'enfer? et, comme dit Arnolphe :

. . . . . Des chaudières bouillantes (2)
Où l'on plonge à jamais les femmes mal vivantes?

Mauvais moyen! inutile intimidation! D'abord, à force de parler du diable, on donne envie de le voir; témoin cette châtelaine du xiv° siècle, de qui le chevalier de la Tour-Landry (3) récite que son mari lui voyant passer la plupart de son temps devant le miroir, disait toujours qu'elle y verrait le diable. Ce qui ne manqua point d'arriver; car un jour qu'elle se mirait plus longuement que de coutume, elle aperçut derrière la glace le diable qui lui faisait une si horrificque grimace qu'elle en devint comme démoniaque. Le noble auteur ne dit pas qu'elle se soit corrigée pour cela. Puis, est-ce la peur qui doit inspirer la vertu des femmes? Que la religion soit le fondement de leur éduca-

(1) *École des Femmes*, v, 4.
(2) *Ibid.*, III, 2.
(3) *Le livre du Chevalier de la Tour Landry*, ch. XXXI.

tion, je le veux; mais plutôt que la crainte du diable, il faut mettre en leur âme l'amour de Dieu. Que j'aime bien mieux cette parole de saint François de Sales : « Il faut tout faire par amour et rien par force. » Renonçons donc, nous aussi, à chercher dans la contrainte le bonheur et la sécurité de notre ménage. Rappelons-nous ces mots qu'un orateur ancien adressait aux maris de son temps : « Plus vous avez de pouvoir, plus vous en devez user avec modération. Soyez les maris de vos femmes plutôt que leurs maîtres! » Cette parole a été entendue. La femme régénérée n'est plus l'esclave mais l'égale de l'homme. La société est toujours divisée en deux moitiés, puisqu'enfin cette division est dans la nature; mais l'une n'est plus moitié suprême et l'autre subalterne, comme le voulait Arnolphe; elles vont au moins de pair aujourd'hui; la toute-puissance n'est plus du côté de la barbe; elle appartient plutôt à la moitié qui, généralement, n'en a pas.

Nous ne saurions nous accommoder d'une femme élevée à la façon d'Agnès. L'ingénue ou la niaise n'est pas notre fait; je ne pense pas que la savante nous convienne mieux. Molière a tracé, dans la même pièce, trois portraits différents de ce ridicule, qui prouvent une fois de plus la fécondité de son génie et la finesse de son observation. C'est d'abord Bélise, la précieuse de la vieille roche. Elle est plus âgée que Philaminte; elle est restée fille comme Mlle de Scudéry, et renchérissant ainsi sur Mlle de Rambouillet, qui du moins accorda sa main à M. de Montausier après l'avoir fait soupirer pendant quatorze ans. Elle se complaît surtout dans la galanterie quintessenciée, nouveau trait qui lui est commun avec les premières précieuses. Comme elles aussi, elle s'occupe plus de la langue que de la science. Elle est médiocre en astronomie, et les découvertes qu'elle a faites dans la lune ne seraient pas, je crois, acceptées par l'Observatoire :

> Je n'ai pas encor vu d'hommes, comme je crois,
> Mais j'ai vu des clochers, tout comme je vous vois(1).

En revanche, elle explique fort pertinemment à Martine, que

> La grammaire du verbe et du nominatif
> Comme de l'adjectif avec le substantif
> Nous enseigne les lois (2).

D'ailleurs, elle n'est pas méchante; mais elle est folle.

Philaminte n'a pas tellement vaqué à la philosophie qu'elle n'ait trouvé le temps de se marier, d'avoir des enfants, et de mener Chrysale, en bête, par le nez.

> C'est elle qui gouverne, et d'un ton absolu
> Elle dicte pour loi ce qu'elle a résolu.

Elle s'occupe de sciences comme de vers. Elle possède d'ailleurs des connaissances véritables, quelque mauvais usage qu'elle en fasse. Malgré sa prévention, elle

(1) *Femmes savantes*, III, 2.
(2) *Ibid.*, II, 6.

est même capable de bons sentiments. La pauvreté ne l'effraye pas. Quand elle se croit ruinée, elle n'en persiste pas moins à marier sa fille avec Trissotin, le supposant assez généreux pour ce sacrifice qu'elle ferait sans peine :

Son bien peut nous suffire et pour nous et pour lui (1).

Enfin, lorsqu'elle a reconnu la bassesse du savant et la noble conduite de Clitandre, elle reconnaît franchement son erreur et revient à lui sans arrière-pensée. Mais il n'en est pas moins vrai que tout va de travers chez elle,

Qu'on y sait comment vont lune, étoile polaire (2),
Vénus, Saturne et Mars dont je n'ai point affaire,
Et dans ce vain savoir, qu'on va chercher si loin,
On ne sait comment va mon pot, dont j'ai besoin,

qu'elle dédaigne son mari, et qu'enfin, par suite de son entêtement, sa fille Henriette a failli épouser un plat intrigant.

Armande a les défauts de sa mère, et ne possède aucune de ses qualités; elle est même plus vicieuse. Elle est jalouse, envieuse, rageuse. Elle essaye de brouiller Henriette avec Clitandre et d'exciter contre tous les deux les passions de Philaminte. Elle souffre du bonheur des autres, et quand les choses s'arrangent au dénoûment, le dernier mot qui lui échappe est encore un cri de l'égoïsme :

(1) Femmes savantes, v, 4.
(2) Ibid. II, 7.

2

Ainsi donc à leurs vœux vous me sacrifiez (1).

L'exemple de ces trois femmes, diverses d'humeurs, et gâtées à des degrés différents par la science, n'est propre qu'à nous en dégoûter. Heureusement, il n'y a plus de femmes savantes, dans le sens où Molière l'entendait, c'est-à-dire de femmes pédantes; ou, s'il en reste quelques-unes, elles habitent des hauteurs d'où l'humilité de notre condition ne nous permet pas d'approcher. Dans les moyennes régions, on trouve seulement des femmes instruites. Peut-être même, en se corrigeant de la pédanterie, l'éducation des filles est-elle tombée dans un autre excès. Les arts d'agrément, surtout la musique, y ont pris une telle place que peu de femmes sont capables aujourd'hui de soutenir un entretien sérieux. C'est une des causes qui ont banni de chez nous l'art charmant de la conversation, où l'esprit français fut longtemps sans égal. On ne demande pas que les filles apprennent le latin, ainsi que le permet Fénelon, ni qu'elles lisent saint Augustin dans le texte comme madame de Sévigné; mais on voudrait que les écrivains de génie eussent une place sur leur étagère à côté des partitions des maîtres, et que le piano fît taire quelquefois ses gammes pour laisser entendre les voix harmonieuses qui s'échappent des œuvres des grands poëtes. Cependant l'ignorance, même complète, vaudrait mieux que la pédanterie d'Armande.

(1) *Femmes savantes*, v, 5.

Ce défaut n'est pas dans les femmes un effet de la nature; elles ne naissent pas pédantes, elles le deviennent; il y faut la contagion de l'exemple, une époque infectée de bel esprit, du soin, de l'application, de l'étude; car ce n'est pas sans peine, dit Labruyère, qu'elles arrivent à plaire moins. Elles ne sont pas non plus naturellement niaises; la prétendue bêtise d'Agnès est le crime d'Arnolphe, et ses fautes ont leur excuse dans l'éducation qu'elle a reçue. Mais les filles peuvent naître coquettes, (et même elles naissent toutes coquettes, dans un sens qu'il est à propos de déterminer. « Les filles, dit Fénelon (1), naissent avec un désir violent de plaire; les chemins qui conduisent les hommes à l'autorité et à la gloire leur étant fermés, elles tâchent de se dédommager par les agréments de l'esprit et du corps; de là vient qu'elles aspirent tant à la beauté et à toutes les grâces extérieures, et qu'elles sont si passionnées pour les ajustements; une coiffe, un bout de ruban, une boucle de cheveux plus haut ou plus bas, le choix d'une couleur, ce sont pour elles autant d'affaires importantes. Ces excès vont plus loin dans notre nation qu'en toute autre. » On peut dire, en ce sens, que toutes les femmes sont coquettes. Il n'est pas de petite fille, si petite qu'elle soit, qui ne rie à sa belle robe. Plus grande elle parera sa poupée, jusqu'à ce que, la poupée ayant tort, elle n'ait plus le temps de songer qu'à sa personne. Ce goût naturel est

(1) *Éducation des Filles*, ch. x.

innocent, pourvu qu'on le modère; car si la jeune fille
s'y livre avec excès, il peut avoir des suites fâcheuses
pour elle. C'est encore Fénelon qui le dit (1) : « La
beauté ne peut être que nuisible à moins qu'elle ne
serve à faire marier avantageusement une fille; mais
comment y servira-t-elle, si elle n'est soutenue par le
mérite et par la vertu? Elle ne peut espérer d'épouser
qu'un jeune fou, avec qui elle sera malheureuse, à
moins que sa sagesse et sa modestie ne la fassent re-
chercher par des hommes d'un esprit réglé, et sensibles
aux qualités solides. »

Mais il y a une autre sorte de coquetterie moins in-
nocente, et Dieu merci, plus rare, que Labruyère a
caractérisée en la distinguant de la galanterie (2) :
« Une femme galante veut qu'on l'aime; il suffit à une
coquette d'être trouvée aimable et de passer pour belle.
Celle-là cherche à engager; celle-ci se contente de
plaire. La première passe successivement d'un engage-
ment à un autre; la seconde a plusieurs amusements
tout à la fois. Ce qui domine dans l'une, c'est la passion
et le plaisir, et dans l'autre la vanité et la légèreté. La
galanterie est un faible du cœur ou peut-être un vice
de la complexion; la coquetterie est un déréglement de
l'esprit. »

Cette coquetterie suppose une civilisation raffinée,
l'indépendance des femmes, l'empressement des hommes

(1) FÉNELON, *Éducation des filles*, chap. x.
(2) LABRUYÈRE, *Des Femmes*.

autour d'elles, un commerce facile et suivi entre les deux sexes. Aussi les anciens ne l'ont-ils pas connue. Quelle mine aurait fait une coquette dans ces réunions de guerriers où Agamemnon, le roi des rois, dépeçait de ses mains le bœuf du sacrifice, le mettait à la broche et en distribuait le dos entier aux convives qu'il voulait honorer? Vénus, apparaissant à Anchise dans les forêts solitaires qui furent leur chambre nuptiale, était une déesse galante, mais non pas une femme coquette. Hélène elle-même subit la violence de Pâris plutôt qu'elle ne s'y prêta; elle se regardait comme l'instrument dont les dieux s'étaient servis pour perdre l'Asie. C'est la pensée de Priam et des vieillards qui la voyant s'avancer vers la tour où ils discourent, pareils à des cigales harmonieuses, n'ont pour elle aucun mot de reproche, admirent sa beauté et rejettent sur le destin la faute de leurs malheurs. Enfin, après la ruine de Troie, Ménélas reprend sa femme sans rancune, et Homère nous les montre à Sparte, vivant comme deux bons époux dont aucun ne rougit du passé. Dans Athènes, ville si renommée pour l'élégance de ses mœurs, les femmes sont encore reléguées dans le gynécée. Aristophane les représente volontiers comme des êtres malins et malfaisants, dont les moindres défauts sont de voler le maître et de boire son vin. Les habitudes de la vie publique qui éloignaient les hommes des femmes rendaient la coquetterie impossible. Elle ne put fleurir que chez ces courtisanes, célèbres par leur esprit autant que par leur beauté, et chez lesquelles Socrate se rencontrait avec Périclès. Rome nous offre à peu près le même spectacle avec moins d'élégance et plus de corruption. Le théâtre latin ne renferme pas, que je sache, une femme coquette; il fourmille de femmes galantes. La coquetterie est donc un fruit de nos sociétés modernes. C'est, pour le répéter, un déréglement de l'esprit; la coquette veut plaire et passer pour belle; elle s'entoure d'adorateurs par vanité et légèreté, s'amusant de tous, sans aimer personne qu'elle-même. Tels sont les traits principaux que nous allons reconnaître dans le caractère de Célimène.

Célimène est jeune, elle a vingt ans, ou peut-être un peu plus, car on n'est pas obligé de la croire tout à fait sur parole. C'est une vérité reconnue même des savants, j'entends les savants qui se piquent de quelque galanterie, que les années ont plus de douze mois pour les dames. Comme Josué arrêtait le soleil pour achever la victoire des Israélites, le temps suspend son cours pour elles, afin de leur permettre de charmer plus longtemps. Célimène est belle; on le voit assez par la satisfaction qu'elle a d'elle-même et par l'empressement de tant d'adorateurs. Elle est riche, comme son train de maison l'indique. Elle est noble; car cette pièce n'est pas une comédie bourgeoise; les marquis qu'on y voit figurer sont des familiers de Versailles qui, venus à la ville, se réunissent chez une femme de leur condition. Enfin, elle est veuve; et je profiterai de

l'occasion pour remarquer l'art attentif avec lequel
Molière a dressé l'état civil de ses personnages. Il a
marié M. Jourdain, le bourgeois gentilhomme, parce
que les travers de ce bourgeois sont inoffensifs et que
madame Jourdain conserve dans son intérieur son
rôle et son importance. Argan, le malade imaginaire,
est marié, parce qu'autour d'un vieillard qui est, ou se
croit menacé de mourir, il se rencontre assez souvent
quelque lady Tartufe pour inspirer le testament et
mettre la main sur la succession. Mais Harpagon est
veuf; en effet, qu'aurait fait une femme dans une maison où les chevaux même sont condamnés à l'absti-
nence? Il y a longtemps que madame Harpagon est
morte, la pauvre femme, morte de bourrades et de pri-
vations. Célimène donc est veuve, et cet état explique
sa coquetterie. Tant de manéges et de ruses ne se com-
prendraient pas dans une fille; ils scandaliseraient dans
une femme mariée; le veuvage sauve au moins les ap-
parences.

Célimène a de l'esprit; mais quel esprit? car il y en
a de deux sortes, sans compter toutes les autres. D'a-
bord l'esprit naïf et benin qui rit des choses ou de soi-
même, puis l'esprit mordant et méchant qui rit surtout
des autres. Le premier est l'esprit de la Fontaine; le se-
cond est l'esprit de Voltaire. Il n'a ni compassion ni
charité; il frappe de la pointe et il laisse le fer dans la
plaie. Cet esprit est celui de Célimène. Saint-Simon
raconte que les courtisans évitaient de passer sous les

fenêtres de Mme de Montespan, surtout quand le roi y était avec elle, parce qu'ayant infiniment d'esprit, de tour et de plaisanterie fine, elle donnait les ridicules les plus dangereux du monde. Ils appelaient cela *passer par les armes*. Je doute que madame de Montespan elle-même s'entendît mieux que Célimène à faire subir aux gens cette sorte d'exécution militaire) Quelle verve, mais aussi quelle méchanceté dans les portraits qu'elle trace de ses adorateurs, depuis le grand flandrin de vicomte qui crache dans un puits pour y faire des ronds, jusqu'à l'homme à la veste qui s'est jeté dans le bel esprit et veut être auteur malgré tout le monde. Avec quelle malignité elle dévisage ses amis même, par exemple, cet oncle Damis qui

> . . . . Les deux bras croisés, du haut de son esprit (1),
> Regarde *avec* pitié tout ce que chacun dit.

Mais nulle part l'esprit caustique de Célimène ne se révèle mieux que dans son entrevue avec Arsinoé. Cette Arsinoé est une prude, et si vous voulez savoir ce que c'est qu'une prude, demandez-le à Célimène :

> . . . . Oui, oui, franche grimace (2)!
> Dans l'âme elle est du monde ; et ses soins tentent tout
> Pour accrocher quelqu'un, sans en venir à bout.
> Elle ne saurait voir qu'avec un œil d'envie
> Les amants déclarés dont une autre est suivie;
> Et son triste mérite abandonné de tous,

---

(1) *Misanthrope*, ii, 5.
(2) *Ibid.*, iii, 3.

Contre le siècle aveugle est toujours en courroux.
Elle tâche à couvrir d'un faux voile de prude
Ce que chez elle on voit d'affreuse solitude,
Et pour sauver l'honneur de ses faibles appas,
Elle attache du crime au pouvoir qu'ils n'ont pas.
Cependant un amant plairait fort à la dame,
Et même pour Alceste elle a tendresse d'âme.

C'est en effet le dépit et la jalousie qui amènent Arsinoé chez Célimène, et, sous couleur de s'intéresser à sa réputation, elle lui rapporte tout ce qu'on dit ou tout ce qu'elle invente elle-même de plus fâcheux sur sa conduite. Mais quelle réplique elle reçoit! avec quel sang-froid et quel art du monde Célimène improvise une histoire pareille où, sans paraître y toucher, elle met à jour les secrètes passions et l'envie de la prude! Arsinoé n'y reviendra pas, soyez-en sûrs; elle a trouvé plus fort qu'elle; elle attendra sa vengeance des imprudences de Célimène.

Ainsi la jeunesse, la beauté, la fortune, l'esprit, voilà des dons qui expliquent l'attachement d'Alceste pour Célimène. Toutefois, quel abîme entre leurs caractères! Célimène est coquette, Alceste est la franchise même; Célimène aime le monde, Alceste le hait; Célimène se complaît dans tous les jeux d'esprit et dans ce commerce galant qui excite l'indignation d'Alceste. Et pourtant Alceste adore Célimène. Philinte a bien raison de s'en étonner.

Je m'étonne pour moi qu'étant, comme il le semble (1),
Vous et le genre humain, si fort brouillés ensemble,

(1) *Misanthrope*, I, I.

Malgré tout ce qui peut vous le rendre odieux,
Vous ayez pris chez lui ce qui charme vos yeux,
Et ce qui me surprend encore davantage
C'est cet étrange choix où votre cœur s'engage.
La sincère Éliante a du penchant pour vous ;
La prude Arsinoé vous voit d'un œil fort doux ;
Cependant à leurs vœux votre âme se refuse,
Tandis qu'en ses liens Célimène l'amuse,
De qui l'humeur coquette et l'esprit médisant
Semblent si fort donner dans les mœurs d'à présent.
D'où vient que leur portant une haine mortelle
Vous pouvez bien souffrir ce qu'en tient cette belle ?

C'est aussi ce que je me demande : Pourquoi Alceste aime-t-il Célimène ? J'en vois plusieurs raisons. D'abord l'esprit de contradiction, qui fait que, dans l'ordre physique, un homme grand épouse, d'ordinaire, une petite femme, et réciproquement, et qui, dans l'ordre moral, a donné lieu à cet adage, que l'harmonie naît des contrastes. Puis Alceste se sent emporté par cette espèce de fatalité que l'on a toujours regardée comme un des caractères de l'amour. Aux yeux des anciens, l'amour est un délire que les dieux inspirent aux mortels pour les égarer ou les punir :

C'est Vénus tout entière à sa proie attachée.

Au dix-septième siècle, c'est une révélation soudaine, un coup de foudre qui frappe l'homme ou la femme en présence de l'objet qu'ils doivent aimer. Les docteurs des deux sexes qui se réunissaient à l'hôtel de Rambouillet, et surtout Mlle de Scudéry, avaient même fait de cette fatalité de l'amour une théorie que Molière exprime en ces termes dans les *Précieuses ridicules*:

« Premièrement, un amant *doit* voir au temple ou à la promenade, ou dans quelque cérémonie publique, la personne dont il devient amoureux; ou bien être conduit *fatalement* chez elle par un parent ou un ami, et sortir de là tout rêveur et mélancolique. » Quelque mépris qu'il ait pour les précieuses, leurs raffinements et leur jargon, Alceste est trop de son temps pour n'avoir pas éprouvé un effet à peu près semblable. Aussi, quand Philinte lui remontre combien les habitudes de Célimène sont en désaccord avec les siennes, il répond naïvement :

> Il est vrai ; ma raison me le dit chaque jour ;
> Mais la raison n'est pas ce qui règle l'amour.

Nous autres modernes, nous avons expliqué l'amour par une autre théorie, fort ancienne, puisqu'elle a son origine dans la Bible, mais que nous n'avons pas moins donnée comme une nouveauté. L'homme seul est un être incomplet; il sait qu'il lui manque quelque chose, et une force intérieure le pousse à combler le vide qu'il sent en lui. Tant qu'il n'a pas trouvé de quoi se remplir, il souffre et appelle douloureusement la moitié qui lui manque. S'il la rencontre, il la reconnaît d'abord et se porte vers elle de toute la puissance de son âme; le charme qui l'attire et le bonheur qu'il éprouve, c'est le sentiment et la joie de l'amour. Théorie charmante et poétique, mais dont, par malheur, il est trop aisé d'abuser. En effet, cette recherche de ce qui manque à l'homme est difficile. Peut-être que la moitié dont j'aurais besoin pour me parfaire n'est plus en ce monde depuis longtemps; peut-être n'y est-elle pas encore. Si je me trompe en croyant la reconnaître, n'aurai-je pas le droit et même le devoir de tenter une nouvelle épreuve? C'est ce que pense don Juan, qui poursuivant son idéal et ne le rencontrant nulle part, va de l'une à l'autre, et non content d'abandonner les sujets de ses expériences, leur reproche encore de n'être pas celle qu'il cherche. Est-il bien sûr qu'il cherche quelqu'un? Mais revenons au Misanthrope.

Il a, comme tous les hommes, un peu de fatuité, et il se flatte de corriger Célimène :

> . . . . . Sans doute, ma flamme (1)
> De ces vices du temps pourra purger son âme.
>
> — Si vous faites cela, vous ne ferez pas peu,

lui répond Philinte, et en effet la tâche est difficile; mais elle a de quoi tenter Alceste. Célimène a gardé ses travers parce qu'aucun des hommes qui la recherchent ne possède un mérite assez grand pour agir sur son esprit; mais reconnaissant dans son vainqueur une âme au-dessus du commun, elle subira sa domination et se pliera pour se conformer à lui. C'est la chimère d'Alceste, et l'espérance qu'il exprime ici nous révèle un des traits originaux de son caractère. On a souvent reproché à

(1) Misanthrope. I, 1.

Molière d'avoir rendu la vertu ridicule dans la personne
du Misanthrope, et beaucoup d'esprits timorés que cette
critique inquiétait ont essayé d'y répondre. On a dit
que le spectateur ne rit pas de la vertu d'Alceste, mais
de l'excès où il la pousse. Comme s'il pouvait y avoir un
excès dans la vertu! La rudesse d'Alceste part d'une
extrême satisfaction de soi-même et d'un grand mépris
pour les autres; il manque à sa vertu, pour être véritable, la tolérance et la charité. Un homme qui se sent
faible, qui sait ce que sa vertu lui coûte et de quelles
imperfections il est encore plein, songe moins à pester
contre les autres qu'à les plaindre, à les aider, à les re-
lever. Il tâche de corriger le mal; mais il s'y prend
avec indulgence, d'une main douce, comme dit Sénèque (1). Telle n'est pas la vertu d'Alceste, maussade,
grondeuse, enflée de soi et sans pitié pour autrui. Voilà
pourquoi nous pouvons rire de ses boutades en sûreté
de conscience. Nous devons l'estimer, parce que nous
valons pour la plupart moins que lui; mais nous au-
rions grand tort de le regarder comme l'idéal de
l'homme vertueux. Rousseau a pu s'y tromper parce
que sa misanthropie et même ses vertus avaient le
même principe d'orgueil; il ne faut pas d'autre remar-
que pour faire justice de ses déclamations. L'homme à
qui la probité d'un mendiant arrachait des larmes et
qui s'étonnait avec attendrissement que la vertu s'allât

(1) Benefacere etiam inimicis, miti manu (SÉNÈQUE).

nicher là, n'a jamais pu songer à jeter le ridicule sur la vertu.

Quoi qu'il en soit, Alceste aime Célimène, et celle-ci en abuse cruellement. Tant d'amants importunent Alceste; il voudrait qu'elle les éloignât,

Car un cœur bien épris veut qu'on soit tout à lui;

mais elle a plus besoin encore du commerce des galants que de l'amour d'Alceste; elle minaude et refuse de s'expliquer. Sans doute, l'affection du Misanthrope est un peu rude; il ne sait point pousser le doux, le tendre et le passionné; il va droit au but par le chemin le plus court, et ne ménage ni Célimène, ni ses complaisants. Mais cette âpreté même est la marque d'un sentiment profond que Célimène ne comprend pas. Elle a écrit à Oronte; la lettre surprise est dans les mains d'Alceste; il accourt furieux, éclate, puis se calme, et lui qui tout à l'heure accusait sa maîtresse, il la prie à genoux de se justifier :

A vous prêter les mains ma tendresse consent (1);
Efforcez-vous ici de paraître fidèle,
Et je m'efforcerai, moi, de vous croire telle.

Que voit cependant Célimène dans un homme capable d'un pareil sacrifice et d'un tel attachement? Vous l'allez savoir par le billet qu'elle a écrit à Clitandre :
« Pour l'homme aux rubans verts (c'est Alceste), il me

(1) *Misanthrope*, IV, 3.

divertit quelquefois avec ses brusqueries et son chagrin bourru; mais il est cent moments où je le trouve le plus fâcheux du monde. »

Enfin, les perfidies de Célimène sont découvertes elle s'est jouée de tous ses amants; ils le savent, ils en ont la preuve écrite. Tous l'abandonnent en l'accablant de leurs mépris; Alceste seul lui demeure quand tout lui manque, et lui propose encore de l'épouser. Il n'y met qu'une condition, c'est qu'elle quittera le monde avec lui. Elle refuse, non par un scrupule de délicatesse qu'il faudrait louer, mais parce que

> La solitude effraye une âme de vingt ans (1).

L'amour d'Alceste ne saurait lui suffire. Sans doute il est difficile pour une femme accoutumée aux douceurs élégantes de la société, d'y renoncer tout à coup. Mme de Staël, sur les bords du lac de Genève, regrettait son ruisseau de la rue du Bac, et écrivait cette phrase caractéristique : « Nous sommes avides d'anecdotes, même en présence du mont Blanc (2). » Mais ce qui explique surtout le refus de Célimène, c'est le manque de cœur. Une femme honnête cherche une âme qui la comprenne, un mari qu'elle aime et auquel elle s'attache toute. Une coquette n'est guidée que par la vanité.

(1) *Misanthrope*, v, 7.
(2) Lettre de madame de Staël publiée pour la première fois par M. le baron de Gérando, *Mémoires de l'Académie impériale de Metz*, année 1864.

Si elle éprouvait un sentiment vrai, elle ne serait plus coquette, car l'amour est exclusif. Elle n'aurait plus assez de présence d'esprit pour diriger et tenir en harmonie cette foule de rivaux intéressés à se supplanter. Ils fuiraient bientôt, avertis par un geste, par un sourire, par une rougeur, par un rien, de la préférence qu'elle accorde à l'un d'eux. Il ne faut donc pas espérer d'elle un sentiment qui la corrigerait, si elle pouvait l'éprouver. Ainsi de la beauté, de l'éclat, de l'esprit, de la ruse, tout ce qu'il y a de plus séduisant au dehors; et au dedans, un cœur sec; voilà la coquette, voilà Célimène. On dirait de ces fruits que certains voyageurs prétendent avoir rencontrés dans le désert, qui se parent des plus brillantes couleurs, et ne laissent dans la bouche que cendre et amertume. Je ne suis pas sûr que de tels fruits existent, mais ce qui est certainement moins rare, ce sont les coquettes. Que Dieu donc nous préserve des Célimènes!

DEUXIÈME CONFÉRENCE.

LA FEMME PARFAITE.

—

MESDAMES, MESSIEURS,

Je n'étais pas, je l'avoue, sans quelque remords des méchancetés que Molière m'a fait dire. La faveur de votre accueil montre que vous me les avez pardonnées. J'ai promené mon jeune prétendant de la niaise à la savante; je l'ai introduit dans le boudoir de Célimène, et je me suis hâté de l'en éloigner de peur que son âme novice ne se laissât prendre à cet éclat qui dérobe le vide et la sécheresse du cœur. Vous m'auriez blâmé vous-mêmes de lui faire contracter l'un de ces sots mariages. Je lui ai promis une femme parfaite; c'est sur ma foi qu'il s'est engagé dans cette recherche; je manquerais de parole si je l'abandonnais en chemin. On peut dire sans impertinence que pour trouver cet objet rare, un guide n'est pas de trop.

Ne croyez pas, Mesdames, qu'en dessinant un tel por-

3

trait, mon dessein soit de recommencer une critique déguisée de vos défauts. Je sais quel scepticisme ces mots de *femme parfaite* éveillent dans la plupart des hommes. Sganarelle ne croyait même pas qu'il y en eût de supportable :

« Les femmes en un mot ne valent pas le diable. »

Aussi est-il résolu à ne pas se marier. C'est aussi l'avis où s'arrête un autre Sganarelle qui joué par la jeune Isabelle, s'écrie (1) :

Malheureux qui se fie à femme après cela !
La meilleure est toujours en malice féconde ;
C'est un sexe engendré pour damner tout le monde ;
Je renonce à jamais à ce sexe trompeur
Et je le donne tout au diable, de bon cœur !

Arnolphe enfin, trompé dans sa prétendue sagesse, s'en prend, comme ses confrères, aux défauts des femmes, et s'il s'obstine à en épouser une, ce n'est pas du moins qu'il croie à leur perfection :

Ce n'est qu'extravagance et qu'indiscrétion ;
Leur esprit est méchant, et leur âme fragile ;
Il n'est rien de plus faible et de plus imbécile,
Rien de plus infidèle ; et malgré tout cela,
Dans le monde on fait tout pour ces animaux-là (2).

Nous associerons-nous à ces désespoirs comiques ? Hélas ! il n'est rien de parfait ici-bas, pas même la

(1) *École des Maris*, iii, 10.
(2) *École des Femmes*, v, 5.

femme ; c'est beaucoup lorsqu'un être créé fait luire à nos yeux quelques rayons affaiblis de la vraie perfection et de l'éternelle beauté. Nous-mêmes que le désir et l'amour de la perfection anime et transporte, nous l'entendons de cent façons différentes. Les nègres ne trouvent-ils pas leurs femmes fort belles ? Au jugement du Fagotier que le bâton vient de transformer en médecin, l'idéal de la femme, c'est d'être muette. « Qui est, s'écrie-t-il, ce sot-là qui ne veut pas que sa femme soit muette (1). » Sganarelle s'en fait une autre idée ; j'entends, dit-il,

. . . . . . J'entends que la mienne
Vive à ma fantaisie et non pas à la sienne ;
Que d'une serge honnête elle ait son vêtement,
Et ne porte le noir qu'aux bons jours seulement ;
Qu'enfermée au logis en personne bien sage
Elle s'applique toute aux choses du ménage,
A recoudre mon linge aux heures de loisir,
Ou bien à tricoter quelques bas, par plaisir.

Ce n'est pas là la perfection de la femme ; c'est son esclavage et son abêtissement. Aussi Sganarelle ne fait-il pas mystère de la compagnie qu'il se propose de donner à la sienne. Je veux, dit-il naïvement,

Lui faire aller revoir nos choux et nos dindons.

Malgré cette diversité de sentiments et ces préventions, il est aisé de dire ce qui convient à un honnête homme qui ne se contente pas de trouver, en rentrant chez lui,

(1) *Médecin malgré lui*, ii, 6.

ses chaussettes ravaudées et son dîner cuit à point. Il
lui faut cela, sans doute ; mais de plus une femme qui
le comprenne, qui réponde à ses sentiments, qui con-
sole ses chagrins, qui répande la paix et la sérénité
dans le cœur du mari, comme elle met l'ordre dans la
maison. Nous cherchons une femme, non une servante ;
ou plutôt nous ne la cherchons plus, nous l'avons trouvée ; mais il est de bonne politique de la faire désirer
encore un peu à notre soupirant.

On aurait tort de croire que Molière soit un ennemi
acharné des femmes et qu'il les maltraite de parti pris.
Il est bien obligé de représenter leurs défauts, puisqu'enfin elles en ont, et que les défauts sont avec les ridicules la propre matière de la comédie. Mais en homme
qui connaît le monde et les femmes, il les a mises aussi
quelquefois dans un beau jour. C'est un trait de son
génie de savoir garder la mesure, et l'une des consola-
tions qu'on éprouve en le lisant, c'est la beauté de ces
caractères, fermes entre les excès, et conservant dans
leur langage et dans leur conduite l'aimable modération
de la vertu. Ces personnages manquent dans Regnard.
Celui-ci a eu le malheur de croire et le triste courage
de dire par deux fois que l'homme est un être pervers,
pour qui la vertu n'est que grimace :

> Le plus saint est celui qui se cache le mieux (1).

Aussi ne rencontre-t-on nulle part dans ses œuvres la

(1) *Démocrite.* — *Épître à M. du Vaux.*

figure d'un homme vertueux. Ses plus honnêtes gens
ont quelque péché sur la conscience : le Distrait sou-
haite la mort de son oncle ; l'Eraste du Légataire vole
le sien. L'exacte raison de Molière est bien éloignée
d'une pensée si désolante et si fausse. Il a connu les
hommes et il les a peints ; mais jamais il ne les a calom-
niés. Il a trouvé parmi eux des méchants et des four-
bes cachés sous le manteau de la vertu ou de la religion ; mais cette méchanceté ou cette hypocrisie n'ont
point fermé ses yeux aux sincères vertus des autres. Il les
a vues, et il s'est plu à leur donner une place dans la comédie, qui, pour être, comme il le voulait, le tableau
du monde, doit reproduire le bien comme le mal.

Ses pièces nous offrent donc l'esquisse de plusieurs
femmes estimables, par lesquelles il paraît s'être essayé
au portrait qu'il voulait achever plus tard. C'est d'a-
bord Léonor, de l'Ecole des Maris, personne si sage, si
réservée, et qui répond si dignement à la confiance de
son tuteur. Il n'a point cherché à l'abêtir, ni à l'enfer-
mer ; il a souffert qu'elle vit

> . . . . les belles compagnies,
> Les divertissements, les bals, les comédies.

Elle aime à dépenser en rubans, en linge, en parure ;
eh bien ! il tâche de la contenter et il estime que cette
toilette et ces distractions sont des plaisirs qu'on peut,

> Lorsque l'on a du bien, permettre aux jeunes filles.

Vous entendez, Messieurs, « *lorsque l'on a du bien* ; »
c'est la condition indispensable, et je prie qu'on me
permette à ce propos une courte digression. Beaucoup
de parents, médiocrement favorisés de la fortune,
croient préparer à leur fille un mariage meilleur en la
montrant au monde dans une parure au-dessus de leur
condition. Le monde les accueille avec bienveillance,
car il n'est pas si méchant qu'on le dit, et il exerce gé-
néreusement l'hospitalité envers les jeunes personnes
qui peuvent contribuer à l'éclat de ses fêtes par leur
beauté, leur grâce et leur esprit. La fumée des com-
pliments les enivre ; elles ne doutent pas que parmi
tant d'adorateurs il ne se présente bientôt un mari. Les
pauvres filles ne tardent pas à être désabusées, car l'é-
ducation que reçoivent aujourd'hui les femmes a retiré
à l'amour son bandeau et l'a rendu très-bon calcula-
teur. Les plus sages se plient à la destinée, et s'accom-
modent d'un mari de leur fortune et de leur rang ;
mais celles-là même rapportent de la pratique du
monde des souvenirs qui les rendent malheureuses et
des prétentions qui les rendent ridicules. Il est permis
au riche d'étaler sa richesse, d'ouvrir ses salons et sa
bourse, de répandre autour de soi l'or et les plaisirs ;
c'est une bonne manière de faire la charité. On use sans
scrupule de ces magnificences, parce que rien n'y sent l'é-
conomie ni la gêne ; personne ne vous ménage la place
ni ne compte vos morceaux. Mais quant à ce luxe étroit
et mesquin par où quelques-uns essayent de singer les

grands seigneurs, il attriste les gens sensés plus qu'il ne les éblouit ; ils sentent trop que pour faire reluire un peu le dehors, il a fallu serrer le dedans.

Léonor n'est pas exposée à ce travers, parce qu'elle a du bien et qu'elle vit dans un temps où on tenait moins à sortir de sa condition qu'à s'y faire honorer. On ne saurait donc qu'approuver la confiance et la libéralité de son tuteur. Un article du testament paternel oblige sa pupille à l'épouser ; mais il n'a pas dessein de la contraindre ; il la laisse libre dans son choix, et l'affection de Léonor le récompense de son indulgence et de sa bonté. Écoutez-la au sortir d'un bal où elle a essuyé les fades galanteries d'un tas de jeunes fats. En vain sa suivante Lisette lui représente que leur empressement l'honore et que chacun, voulant se rendre agréable, fait cet hommage à sa beauté. Moi, répond-elle avec le dépit du bon sens,

> . . . . . . Je ne vois rien de plus insupportable,
> Et je préférerais le plus simple entretien
> A tous les contes bleus de ces diseurs de rien.
> Ils croient que tout cède à leur perruque blonde,
> Et pensent avoir dit le meilleur mot du monde
> Lorsqu'ils viennent, d'un ton de mauvais goguenard,
> Vous railler sottement sur l'amour d'un vieillard ;
> Et moi, d'un tel vieillard je prise plus le zèle
> Que tous les beaux transports d'une jeune cervelle (1).

Voilà les sentiments que l'indulgence et la confiance ont développés en Léonor. Ariste, son tuteur, l'épouse, et il

_____
(1) *École des Maris*, iii, 9.

fait bien. Si elle jouait un rôle plus important dans la pièce, ou si nous connaissions la suite de son histoire, peut-être aurions-nous en elle la femme qu'il nous faut. Mais elle ne fait qu'apparaître; elle se montre assez pour se faire aimer, trop peu pour nous permettre d'apprécier tout son mérite. C'est une perfection en herbe.

Après elle, se présente une personne dont nous avons déjà commencé de faire la connaissance; c'est Eliante. Elle est douée d'une qualité bien précieuse, qui manque, dit-on, quelquefois aux femmes, la sincérité;

La *sincère* Eliante a du penchant pour vous (1).

Esprit droit et sensé qui a compris le cœur du Misanthrope et pour cette raison fait de lui un cas particulier. Elle estime ce qu'il y a de noble et d'héroïque dans ce caractère, et ne cache point le penchant qui la porte vers Alceste. Elle n'est pas jalouse de Célimène; au contraire, elle fait tous ses efforts pour conserver l'harmonie entre les deux amants. Quand Alceste accourt furieux, avec la lettre qu'il a surprise, elle tâche d'apaiser sa colère, de dissiper ses soupçons, de ménager un rapprochement. Mais si un jour la coquetterie de Célimène rebutait en le déchirant le cœur d'Alceste, elle pourrait se résoudre à recevoir ses vœux et à tâcher de le guérir; voilà les limites où son amour se renferme. Elle est franche avec tout le monde, avec Célimène comme avec

(1) *Misanthrope*, I, 1.

Philinte, comme avec elle-même. Elle se peint enfin dans ce vers admirable que beaucoup, je dis des plus considérables, auraient besoin de méditer et de pratiquer :

Moi, je suis pour les gens qui disent leur pensée (1).

Pourquoi faut-il qu'elle soit un peu âgée? Sans avoir vu son acte de naissance, je ne puis guère lui donner moins d'une trentaine d'années. Une plus vive jeunesse serait-elle capable de tant de prudence, de réserve, de sagesse? Peut-être même notre jeune homme la trouverait-il un peu froide et raisonnable. Aussi n'est-ce pas encore elle que je lui conseille de prendre. Ne poussons pas à bout sa patience ; il est temps de lui proposer enfin la femme qui doit fixer son choix.

Elle s'appelle, de son nom de fille, *Henriette*, nom charmant, que par une rencontre, peut-être accidentelle, ont porté dans le même temps la fille de Henri IV, cette malheureuse reine d'Angleterre, si dévouée à son mari et à ses enfants, et cette gracieuse duchesse d'Orléans dont Racine a peint dans Bérénice les amours combattus, dont Bossuet a si douloureusement déploré la perte prématurée. Son nom de femme est *Elmire*. Elle est née dans une famille qui ne promettait guère une telle merveille. Elle a pour mère Philaminte, la savante; pour tante, la folle Bélise; pour sœur la pé-

(1) *Misanthrope*, v, 3.

dante et jalouse Armande. Son père est Chrysale, un
bon bourgeois, à qui les travers de sa femme et de sa
sœur ont fait prendre en haine les lettres comme la
science. Entre le corps et l'esprit dont il est formé, il
est aisé de voir auquel il donne la préférence :

Oui, mon corps est moi-même, et j'en veux prendre soin ;
Guenille, si l'on veut ; ma guenille m'est chère.

Il fait plus de cas d'un bon rôti que d'un bon mot, et
visite plus souvent sa cuisine que sa bibliothèque. De
tous les livres de Philaminte, il n'estime qu'un gros
Plutarque « à mettre ses rabats. » N'était-il pas à craindre que placée entre un père trop bourgeois et une famille pédante, Henriette ne contractât les défauts de
l'un ou des autres ? Elle a mieux fait ; elle a laissé à
chacun ses travers, empruntant ce qu'avaient de bon
Chrysale et Philaminte. Ainsi s'est formée la perfection
de son caractère.

Je me la représente volontiers comme une fille de
dix-neuf à vingt ans, plutôt petite que grande, plus
grasse que maigre, d'une figure ordinaire, qui ne plaît
qu'à une vue attentive, mais dont l'effet plus lent est
aussi plus durable. Clitandre s'y est trompé d'abord et
a commencé par offrir à Armande son cœur qu'Henriette ne laissera plus échapper. On voit bien qu'elle a
du sang de Chrysale dans les veines. Elle n'éprouve
nulle répugnance pour les choses du ménage, et je ne
serais pas surpris qu'au besoin elle épluchât les herbes

avec Martine? Et pourquoi non? pourquoi, née dans
une condition bourgeoise, n'en remplirait-elle pas les
devoirs? Sans doute, ce n'est pas un objet agréable
pour le mari qu'une femme qui sent le graillon, ou
noircie, comme un Cyclope, par la fumée de ses four-
neaux. Aussi n'est-ce pas là ce que je demande, bien
qu'il y ait une façon de faire proprement même les
choses les plus grossières. Mais je veux qu'elle sache
faire ce qu'elle devra un jour commander. J'insiste
d'autant plus volontiers ici que je suis soutenu par des
auteurs graves autant qu'aimables, non pas gens de
roture, mais personnes de qualité. Madame de Sévigné
ne parle pas sans quelque dédain de ses visiteurs qui
s'étonnaient qu'elle préférât les comptes d'un fermier
aux contes de la Fontaine. Fénelon, dans les Instructions
qu'il a composées sur l'administration des sacrements,
n'a pas oublié le mariage, et voici quelques-unes des
recommandations qu'il adresse au jeune époux : « Com-
muniquez à votre femme vos affaires avec confiance,
puisque les vôtres deviennent les siennes dans cette
intime société. Accoutumez-la à l'application, *au travail domestique, aux détails du ménage*, afin qu'elle soit
en état d'élever des enfants avec autorité et prudence
dans la crainte de Dieu. » Ailleurs il développe sa pensée dans un passage que je rapporterai tout entier
parce qu'il prête une force singulière aux observations
que j'ai présentées plus haut : « Si une fille doit vivre
à la campagne, de bonne heure tournez son esprit aux

occupations qu'elle y doit avoir, et ne lui laissez point
goûter les amusements de la ville... Si elle est d'une
condition médiocre de la ville, ne lui faites point voir
des gens de la cour : ce commerce ne servirait qu'à lui
faire prendre un air ridicule et disproportionné....
Formez son esprit pour les choses qu'elle doit faire
toute sa vie; *apprenez-lui l'économie d'une maison bourgeoise,* les soins qu'il faut avoir pour les revenus de la
campagne, pour les rentes et pour les maisons qui sont
les revenus de la ville... et enfin le détail des autres
occupations d'affaires ou de commerce dans lequel vous
prévoyez qu'elle devra entrer, quand elle sera mariée. »
Ces occupations, c'est le vrai rôle et la dignité de la
femme ; car, selon le même Fénelon « il faut un génie
bien plus élevé et plus étendu pour s'instruire de tous
les arts qui ont rapport à l'économie... que pour jouer,
discourir sur des modes, et s'exercer à de petites gen-
tillesses de conversation. » C'est aussi son vrai bonheur,
et je ne vois pas sans regret que beaucoup de femmes
soient devenues par leur faute, comme des étrangères
dans leur famille, ignorantes des affaires du mari,
qu'elles ne connaissent souvent que par leur ruine,
une sorte d'objet de luxe qu'il entretient à grands frais,
et qu'il montre, mais auquel il ne tient que par vanité.
Les femmes ne savent pas ce qu'elles se préparent de
désagréments dans cette vie et peut-être de remords
dans l'autre pour avoir laissé servir à leur mari un rôti
brûlé.

Henriette n'y est point exposée. Sans se rendre familière aux domestiques, elle sait leur parler et elle en est obéie parce qu'elle s'en fait aimer. Voyez comme Martine lui est attachée. Lorsqu'on veut imposer à sa jeune maîtresse Trissotin pour mari, la bonne servante, chassée par Philaminte, mais ramenée par Chrysale, prend la défense d'Henriette avec une verve que le cœur inspire :

> . . . . . . Par quelle raison, jeune et bien fait qu'il est,
> Lui refuser Clitandre? Et pourquoi, s'il vous plaît,
> Lui bâiller un savant, qui sans cesse épilogue?
> Il lui faut un mari, non pas un pédagogue.
>
> . . . .
> Et pour mon mari, moi, mille fois je l'ai dit,
> Je ne voudrais jamais prendre un homme d'esprit ;
> L'esprit n'est point du tout ce qu'il faut en ménage ;
> Les livres cadrent mal avec le mariage ;
> Et je veux, si jamais on engage ma foi,
> Un mari qui n'ait point d'autre livre que moi,
> Qui ne sache A ne B, n'en déplaise à madame,
> Et ne soit, en un mot, docteur que pour sa femme.

Henriette prend la vie et le mariage pour ce qu'ils sont, sans tant raffiner :

> Les suites de ce mot, quand je les envisage,
> Me font voir un mari, des enfants, un ménage,
> Et je ne vois rien là, si j'en puis raisonner,
> Qui blesse la pensée et fasse frissonner.

Que cette simplicité est aimable ! et combien elle est plus chaste que le dégoût prétentieux d'Armande ! Le langage d'Henriette est franc, parce qu'elle ne soupçonne

point de mal dans une action qu'elle voit faire à tant de
monde; celui d'Armande est plein d'images impures,
parce qu'elle a sali sa pensée en la traînant sur des détails auxquels Henriette n'a pas songé. Le bon sens qui
inspire celle-ci la guidera dans toute sa vie. C'est sa
qualité dominante ; elle la tient de Chrysale, car, si, au
jugement de sa femme, il a l'esprit formé d'atomes trop
bourgeois, Chrysale n'est pourtant point un sot ; il estime les gens pour ce qu'ils valent, non pour ce qu'ils
ont. Il a même voyagé, et il a retenu quelque chose de
ses voyages. Par moments, les souvenirs de sa jeunesse
l'élèvent au-dessus de lui-même. N'est-il pas touchant
de l'entendre s'écrier, en voyant Clitandre et Henriette
qui, la main dans la main, sous le regard paternel,
s'entretiennent de leur affection :

> . . . . . Oh ! les douces caresses !
> Cela ragaillardit tout à fait mes vieux jours,
> Et je me ressouviens de mes jeunes amours.

En disant cela, le bon Chrysale a le sourire sur les lè-
vres et les larmes dans les yeux.

Henriette ne donne point dans les travers de Philaminte, et celle-ci s'inquiète de ce qu'aucun esprit ne se
fait voir en sa fille. Elle en a pourtant, et de l'excellent.
Une douce ironie règne dans sa discussion avec Armande
sur le mariage :

> . . . . . Tout esprit n'est pas composé d'une étoffe
> Qui se trouve taillée à faire un philosophe ;

> Si le vôtre est né propre aux élévations
> Où montent des savants les spéculations,
> Le mien, ma sœur, est né pour aller terre à terre,
> Et dans les petits soins son faible se resserre.

Elle sait fort bien mettre Armande en contradiction avec ses propres maximes, lorsque, malgré ses principes, la philosophe se met en colère comme une simple mortelle :

> Hé ! doucement, ma sœur. Où donc est la morale
> Qui sait si bien régir la partie animale
> Et retenir la bride aux efforts du courroux ?

N'est-il pas charmant de l'entendre recommander à Clitandre de ménager, dans l'intérêt de leur amour, les prétentions de Philaminte et les visions de Bélise ?

> Un amant fait sa cour où s'attache son cœur ;
> Il veut de tout le monde y gagner la faveur,
> Et pour n'avoir personne à sa flamme contraire
> Jusqu'au chien du logis il s'efforce de plaire.

Avec quelle malicieuse bonhomie elle répond à Bélise qui lui reproche de faire une étrange figure pendant la lecture de Trissotin :

> Chacun fait ici-bas la figure qu'il peut,
> Ma tante ; et, bel esprit, il ne l'est pas qui veut.

Elle est plus méchante pour Trissotin :

> Peut-être que mes vers importunent madame ?
> — Point, je n'écoute pas.

Boutade bien sensible à un auteur vaniteux ! Elle se tire

aussi ingénieusement d'affaire avec Vadius, que toute
la famille embrasse pour l'amour du grec et qui s'a-
vance pour embrasser aussi Henriette au même titre :

Excusez-moi, Monsieur, je ne sais pas le grec.

Ce trait, qui paraît n'accuser que l'ignorance d'Henriette, ne frappe-t-il pas aussi Philaminte, Armande et
Bélise ?

Que Philaminte regarde donc sa fille comme une
sotte ; qu'Armande voie en elle une Cendrillon ; nous la
tiendrons, nous, pour une femme d'un esprit charmant et naturel, en qui une pointe de malice relève
une délicieuse naïveté.

Elle est même instruite, quoiqu'elle n'en dise rien.
Mais si elle a le bon goût de cacher son savoir, si aucun
vers de son rôle ne le trahit, en demandant à Clitandre, son amant, les qualités qu'il estime dans une
femme, nous saurons celles qu'il a cru rencontrer dans
Henriette. Il n'aime pas les femmes docteurs ; mais il
ne s'accommoderait pas non plus d'une femme igno-
rante. Il consent qu'une femme ait des clartés de tout ;
seulement

Il aime que souvent, aux questions qu'on fait,
Elle sache ignorer les choses qu'elle sait ;
De son étude enfin *il veut* qu'elle se cache
Et qu'elle ait du savoir sans vouloir qu'on le sache,
Sans citer les auteurs, sans dire de grands mots
Et clouer de l'esprit à ses moindres propos.

Du savoir sans prétention, voilà donc ce que Clitandre a
cru trouver dans Henriette; c'est une des raisons pour
lesquelles il l'aime. Car Clitandre n'est ni un ignorant
ni un sot; sa dispute avec Trissotin en fournit la
preuve. Il méprise le savoir obscur de la pédanterie;
il n'a pas consacré ses veilles à se barbouiller de grec et
de latin; mais il a la science du monde, la connaissance
des choses et des hommes. Un esprit distingué, comme
est le sien, poli par le commerce de la cour, ne se serait
pas attaché à Henriette, si elle était aussi bête qu'elle se
plaît à le dire. La façon même dont elle le dit, prouve
contre elle, et le voile de modestie qui couvre son savoir est un attrait de plus pour ceux qui, comme Clitandre, ont su le soulever.

Mais un don plus rare que l'esprit même, et qu'Henriette possède dans un haut degré, c'est le cœur. Elle
est heureuse d'aimer et d'être aimée; elle accepte sans
coquetterie les vœux que Clitandre lui adresse; elle se
complaît dans cet amour qui la venge des dédains d'Armande et l'ennoblit à ses propres yeux. Incapable de
légèreté et de perfidie, elle se confie à son amant, sans
craindre aucun changement de sa part. Sa sœur voudrait l'inquiéter sur la solidité de cette affection qu'une
autre a précédée, et lui demande si elle croit que toute
autre flamme soit morte dans le cœur de Clitandre.
Que répond-elle?

Il me l'a dit, ma sœur, et pour moi, je le crois

Mot sublime, où s'exprime toute la confiance d'un
cœur honnête et dévoué. Le dévouement est en effet l'un
des caractères du véritable amour ; et quelle femme est
plus dévouée qu'Henriette ? Elle aime bien Clitandre ;
elle lui donne mille preuves de sa tendresse ; elle n'ou-
blie rien pour faire réussir leur mariage. Si son espoir
est trompé, si Philaminte est inexorable, elle ne sera à
nulle autre personne ; elle se retirera dans un couvent.
Cette promesse qui serait une vaine parole pour une
autre, est sérieuse dans la bouche d'Henriette. Cependant, quand par les lettres que son oncle a supposées,
elle se croit ruinée avec sa famille, elle refuse d'épouser
celui qu'elle chérit :

> Je sais le peu de bien que vous avez, Clitandre ;
> Et je vous ai toujours souhaité pour époux
> Lorsqu'en satisfaisant à mes vœux les plus doux
> J'ai vu que mon hymen ajustait vos affaires ;
> Mais lorsque nous avons les destins si contraires,
> Je vous chéris assez dans cette extrémité
> Pour ne vous charger point de notre adversité.

Nous sommes bien loin de ces amours, bruyants, mais
égoïstes, pour qui l'annonce d'une telle ruine ne serait
qu'une raison de plus de presser le mariage. Le refus
d'Henriette marque son bon sens ordinaire ; elle sait que
la gêne dans un ménage, même le mieux assorti, en-
gendre tôt ou tard la mauvaise humeur. Combien de
jeunes couples, pour l'avoir oublié, se sont fait l'amour
pendant six mois, et la moue pendant le reste de leur
vie !

Enfin, Henriette a de la tête, ce qui est loin d'être un défaut dans une femme. Je m'étonne, pour moi, que les maris mettent tant d'amour-propre à n'être pas menés par leurs femmes ; ceux qui sont menés avaient besoin de l'être ; et, d'ailleurs, y a-t-il une condition plus douce que de se laisser conduire, quand on se sait bien conduit ? Les femmes peuvent se trouver dans des situations difficiles ; il est bon qu'elles sachent s'en tirer ; la fermeté vis-à-vis du monde leur est aussi nécessaire que la douceur à la maison. Henriette est justement dans un de ces périls. On lui refuse Clitandre qu'elle aime pour la donner à Trissotin qu'elle méprise. Au lieu de perdre courage et de se lamenter, elle va trouver elle-même Trissotin ; elle essaye de lui faire entendre le langage de l'honneur et de la raison ; puis, le trouvant obstiné à épouser sa dot, elle va jusqu'à lui faire craindre les accidents que peut entraîner la violence faite à une fille que l'on épouse malgré elle. Enfin, comme il est assez vil pour se résigner même à ce malheur, pourvu qu'il tienne l'argent, elle éclate, indignée d'une telle bassesse, et lui déclare en face, avec une ironie méprisante, qu'elle renonce au bonheur de l'avoir pour époux. Peut-être trouverez-vous que dans cette scène admirable Henriette prend trop de liberté, et qu'elle sort de la réserve imposée à son sexe et à son âge. Mais, rappelez-vous la franchise habituelle de son caractère, l'espèce de solitude que les dédains de sa sœur et de sa mère ont faite autour d'elle, l'expérience

précoce qu'elle y a acquise, l'extrême péril que court
son bonheur, et enfin le langage du temps, moins ré-
servé dans les termes, sans que peut-être le fond fût
plus corrompu. Vous ne refuserez plus alors d'approuver sa démarche, et d'estimer sa franchise et sa fermeté.

Voulez-vous la voir à l'œuvre dans une circonstance
plus grave encore et sortir à sa gloire d'une des situations les plus difficiles qui furent jamais? Ouvrez le
Tartufe. Ce n'est plus Henriette qu'elle s'appelle, c'est
Elmire; mais sous un autre nom vous reconnaîtrez la
même personne. Elle est mariée à Orgon qui l'a épousée
en secondes noces, et lui a apporté un grand fils et une
grande fille. Rien n'est plus malaisé pour une belle-mère
encore jeune que de se conduire dans un tel cas avec
assez de prudence pour ménager toutes les susceptibi-
lités. Ce fils et cette fille, qui auraient pu la voir d'un
œil jaloux, elle a su se ménager leur amitié. « Elle est
d'une humeur douce, » dit lui-même Damis. Orgon s'en
plaint :

Pour mon fripon de fils je sais vos complaisances.

Mariane ne lui est pas moins attachée. Tous deux lui
ont confié le secret de leur amour pour Valère et pour la
sœur de Valère, et elle travaille à satisfaire leurs vœux
par un double mariage. Elle connaît la malheureuse
faiblesse de son mari, elle en souffre, et cependant elle
a su conserver dans les enfants le respect de l'autorité

paternelle. Damis a sans doute l'emportement d'un
jeune homme; mais il revient à son père dès qu'il le
sait malheureux. Et Mariane! quelle vénération pour
Orgon et quelle douceur! Si elle aime Valère, c'est de
l'aveu d'Orgon qui avait engagé sa parole. On veut lui
donner Tartufe; elle résiste, mais avec une modération
pathétique qui élève le style comique à la hauteur de
la tragédie. Cet accord, cette soumission, ces sentiments
si louables sont dus en partie à l'influence d'Elmire.
Toutefois je ne me dissimule pas que c'est aussi un trait
du temps, et je profiterai de l'occasion pour marquer
un changement curieux qui s'est opéré dans les mœurs,
publiques. Les jeunes filles, dans Molière, n'attendent
pas toujours l'ordre d'un père à se choisir un époux;
elles se révoltent même quelquefois; mais, dans leur
révolte même, le père ou la mère gardent pour elles un
caractère sacré; elles tâchent d'éluder ou de fléchir leur
volonté, mais elles ne l'enfreignent pas. Cette soumission, qui plaisait alors, ne nous contenterait plus. Vous
connaissez l'*Honneur* et l'*Argent* de M. Ponsard, pièce
honnête, s'il en fut. Je ne dirai pas que c'est son principal mérite, parce que j'aurais l'air de la dénigrer, et
l'honnêteté est de nos jours assez rare au théâtre pour
qu'on sache gré à un auteur d'y être resté fidèle. Il y
a dans cette pièce deux jeunes filles, Laure et Lucile,
l'une timide et soumise, l'autre pétulante et espiègle.
Laure par obéissance renonce à George qu'elle aime, se
laisse marier malgré elle à M. Richard, un banquier

qu'elle ne connaît pas. Lucile l'excite à la résistance d'un ton résolu et raisonneur qui n'indique pas la superstition du respect filial.

> Sans doute, la raison du père de famille
> Est le meilleur gardien qu'ait une jeune fille;
> Il faut de ses conseils faire le plus grand cas,
> Mais pourtant ils n'ont pas le pouvoir qu'ils n'ont pas.

Le sacrifice consommé, Laure est malheureuse, Laure est maltraitée, Laure est ruinée par la banqueroute de son mari. Cependant elle n'a pas un murmure contre son père; elle prévient même les reproches qu'il pourrait s'adresser. Eh bien! je le demande à tous ceux qui ont vu ou qui ont lu cette pièce : laquelle des deux jeunes filles a notre sympathie? Ne sommes-nous pas comme impatientés par la résignation de Laure et complices des conseils que lui donne Lucile? C'est que le sens moral s'est affaibli, et nous applaudissons à des doctrines que nous serions bien fâchés de voir pratiquées par nos filles. Aussi nous punissent-elles quelquefois de notre imprudence. Cet esprit de liberté qui les gagne est-il une décadence ou un progrès? Je le laisse à décider à de plus habiles. Je rappellerai seulement un mot de Shakespeare bien propre à faire réfléchir ceux qui approuvent en elles de telles marques d'indépendance. Le vieux sénateur, abandonné par sa fille, lance au Maure qui l'emmène cette menace qu'il se rappellera aux heures de jalousie : « Elle a trompé son père, elle te trompera. » Desdémone ne trompa point Othello ; mais toutes les femmes ne sont pas des Desdémones, et la morale ne se fonde pas sur des exceptions. Une fille rebelle sera très-probablement une femme rebelle. C'est pourquoi je sais gré à Elmire d'avoir entretenu Mariane dans les habitudes d'une soumission vraiment respectueuse à laquelle on n'avait pas encore substitué une chose tout autre sous le même nom.

Elle donne elle-même l'exemple des égards que l'on doit à l'âge. Son acariâtre belle-mère ne la ménage pas ; cependant elle lui répond poliment, lui fait honneur, la reconduit. Elle voit du monde ; mais, quoi qu'en dise Mme Pernelle, les méchants seuls peuvent trouver à mordre sur sa conduite. Elle est surveillée par Tartufe qui l'épie, moitié par intérêt, moitié par convoitise brutale ; elle sait ménager même Tartufe, et ne se résout que malgré elle, poussée par une nécessité inévitable, à la ruse qui doit le démasquer. C'est dans cette scène et dans la façon dont elle est amenée que se montrent avec le plus d'éclat l'art du poëte et le mérite d'Elmire. Si elle avait été moins séduisante, elle n'aurait peut-être pas inspiré à Tartufe la passion qui le perd. Si nous avions conçu quelques doutes sur sa vertu, Molière n'aurait osé risquer ni la déclaration de Tartufe, ni la scène où il se démasque. Que la conduite d'Elmire, en ces deux occasions, est prudente et sage en même temps que ferme ! Malgré l'offense que Tartufe lui a faite, elle n'en dirait rien, si l'indignation de Damis ne rendait sa réserve inutile. Elle ne prend conseil que de la raison :

> Pour moi de tels propos je me ris simplement,
> Et l'éclat là-dessus ne me plait nullement.
> J'aime qu'avec douceur nous nous montrions sages,
> Et ne suis point du tout pour ces prudes sauvages
> Dont l'honneur est armé de griffes et de dents
> Et veut au moindre mot dévisager les gens.
> Me préserve le ciel d'une telle sagesse ! (1)

La plus honnête femme du monde peut se trouver exposée aux entreprises d'un malotru. Les Tartufes non plus ne manquent pas qui cherchent à la circonvenir pour en faire l'instrument de leurs desseins. C'est un grand honneur pour elle quand elle se dérobe à cette profanation et résiste à cette épreuve, comme Elmire, sans éclat, mais avec fermeté; c'est la consécration de sa vertu.

Voilà la femme qui convient à un honnête homme; Elmire ou Henriette, je la présente avec confiance à notre jeune amoureux. Qu'il épouse l'une ou l'autre, il ne s'en repentira pas, et l'on peut donner une idée du bonheur qu'il lui devra. Elle l'aimera d'un amour calme et réfléchi, sans emportement et sans tempête, mais sans caprices et sans changement. Elle veillera sur la maison, mettra l'ordre partout et saura commander ce qu'elle sait faire par elle-même. Elle l'égayera par ses saillies qui n'auront pas pour sujet la chronique scanda-

(1) *Tartufe*, iv, 3.

leuse du monde, mais qui partiront de son enjouement naturel et de sa satisfaction. Elle s'associera à ses projets, le ranimera, s'il le faut, par des conversations sérieuses, lui ouvrira des chemins pour sortir d'embarras. Quand les enfants viendront, elle ne s'en remettra pas à une autre du soin de les élever, et le temps venu de les instruire, ne prendra conseil que d'elle-même et de son mari. Si elle rencontre quelque piége, elle l'évitera doucement. Enfin la famille reluira tout entière de ce bonheur que peut y répandre une femme aimante, ferme, spirituelle et sensée. Heureux qui possède une Elmire ou une Henriette !

Toutefois, dans ces conditions même, que notre jeune homme n'espère pas trouver dans le mariage un bonheur parfait. Les romans leurrent dangereusement les imaginations inexpérimentées, lorsqu'ils représentent le mariage comme l'état qui réalise tout ce que l'amour a rêvé. C'est un état où le sérieux des devoirs à remplir est tempéré par de douces jouissances; mais le plaisir ni même le bonheur ne sont ici le principal, ce n'est que l'assaisonnement. Il en est du mariage, comme de toutes les conditions humaines, comme de la vie prise dans son ensemble. « La vie, a dit M. de Tocqueville, la vie n'est ni un plaisir ni un supplice, c'est une affaire grave dont nous sommes chargés, et qu'il faut terminer à notre honneur. » Dieu, en nous imposant des devoirs, y attache certains plaisirs qui en rendent l'accomplissement plus facile; et le bonheur qu'il nous accorde

en échange n'est destiné qu'à nous en faire souhaiter
un plus complet.

Voilà ce qu'il est permis de chercher dans le mariage; promettre ou espérer davantage, c'est préparer
à soi-même ou aux autres de dangereuses déceptions.

Je vous demande pardon, Messieurs, de terminer
cette étude par des paroles si austères, quand je ne de-
vrais songer qu'à vous remercier de votre sympathique
attention. J'en reporte tout l'honneur à Molière dont le
nom vous a attirés ici; j'étais sûr de trouver un écho
dans vos cœurs en parlant de ce grand homme. La vérité
partage avec le génie le privilége de ne vieillir jamais :
aussi sa gloire populaire se rajeunit-elle avec les années.
Permettez-moi d'espérer que notre commune admira-
tion pour ce rare et sublime esprit a établi entre nous
un lien solide. J'étais étranger dans cette ville; votre
bienveillance m'a fait en quelque sorte votre con-
citoyen.

SAINT-CLOUD. — IMPRIMERIE DE Mme Ve BELIN.